川上三太郎の川柳と単語抄

Kawakami Santaro Senryu and Tangosyo

川柳研究社編

Senryu kenkyusha

家庭での三太郎。

句と対峙する若き日の三太郎。当初は出句無制限であった川柳研究誌。「その人らしい」句を選ぶことで、句の道を教示していた。

国民服姿の三太郎。

～明治

24年 1月3日、父・由太郎と母・志希の次男として生まれる。名は幾次郎。

36年 神田、北上屋書店発行「中学文壇」に井上剣花坊選、「文芸倶楽部」には岡田三面子選の狂句欄を知り、作句を開始する。

38年 11月「文芸倶楽部」川柳欄に初入選。

40年 剣花坊の柳樽寺川柳会機関誌『川柳』に初入選。

41年 大倉商業学校（現東京経済大学）を卒業し、大倉組入社。

42年 新川柳研究を目的とした千鳥会を結成する。この頃から「よし町三太郎」の名で『滑稽文学』に作品を発表し、本格的に川柳作句を開始する。

43年 柳誌『矢車』に川上眉愁の名で「現川柳作家の労働およびその価値」と題する小論文を発表。個性的主観句への移行を主張。

44年 1月、「私の観念と川柳に対する主張及び作品」を『矢車』に発表。8月に天津支店へ赴任。赤い家から、「NOROKE－UNUBORE＝X」その他を同地にて執筆。

左から井上剣花坊、村田周魚、西島〇丸、阪井久良伎、そして川上三太郎。大正から昭和にかけて川柳史に光輝燦爛たる軌跡を残した。

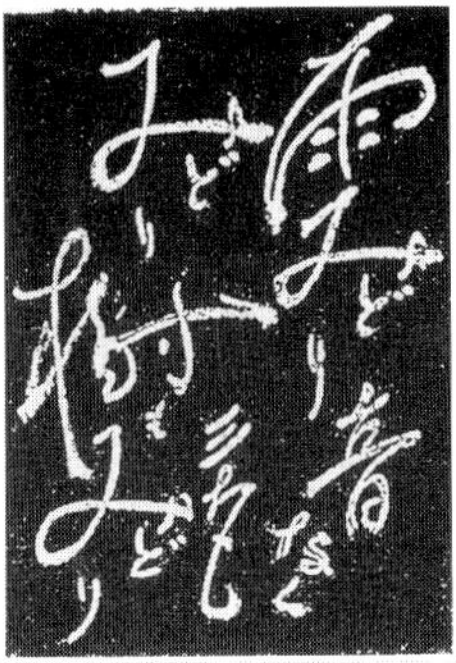

川柳研究社の論理派・福岡阿弥三を戦地へ送る。

〜大正

2年　天津より帰国、柳樽寺川柳会同人となる。この頃、吉川雉子郎（当時21歳。後の吉川英治）を知る。

3年　『大正川柳』編集を吉川雉子郎らと担当。

8年　八千代（本名八ツヨ）と結婚。神戸の新日報新聞社に入社する。神戸の柳誌『柳太刀』に川柳の速成入門を執筆するが、その途中に会社が倒産、帰京。

9年　東京毎夕新聞社に入社。

10年　毎夕新聞社名古屋支社開設のため、少しの間名古屋に移住。川柳雑誌『二つの目』主宰となる。

12年　『二つの目』廃刊。関東大震災。

13年　東京府下南品川に転住。函館川柳社『忍路』の選評指導をする。

15年　『川柳きやり』に「処女作の想い出」を執筆。

〜昭和

2年　東京毎夕新聞社を退社。川柳を職業として出発する。『新川柳壱萬句集』を編纂発行。『大正川柳』は改題して『川柳人』となるが、三太郎は剣門を出る。試作「秋風の中をつらぬく陽の行方」

東京都王子にて開催された蒼々亭新年の会。（昭和18年1月3日）

昭和５年誕生した国民川柳会の会報『国民川柳』。既成概念を打ち破る三太郎川柳に当時の若者たちが集った。そして、昭和９年12月10日、国民川柳会は川柳研究社と改名。会報『国民川柳』も『川柳研究』と改められた。

～昭和

3年　『滑稽川柳句集』を発刊。

4年　国民新聞川柳欄選者となる。投句一回一万句に及ぶ。

5年　国民川柳欄の愛好者により、国民川柳会を創設。『国民川柳会報』を発刊する。これが『川柳研究』の前身となる。

6年　蒼々亭を名乗る。国民川柳会報を第八号より『国民川柳』と改題。長女・雅鼓誕生。

7年　純詩川柳試作発表。雀郎の「川柳は斯くあるべきもの」に対抗して、「川柳は斯く来たったものであるから、斯く進むべきだ」と論争。『川柳雑誌』百号記念の講演をする。

8年　仙台放送局開設五周年記念募集川柳選句放送を担当。川柳みちのく十五周年記念川柳大会に出席。川柳祭(偕楽荘)で剣花坊と再会。

9年　12月10日、国民川柳会を川柳研究社と改称。東奥日報社一万号記念川柳大会出席。『国民川柳』を『川柳研究』と改題。

10年　連作「未完成交響楽」十句を発表。7月に青森、8月に初めて秋田へ。

11年　連作「みもざ館」を発表。

12年　連作「蒼氓」九句発表。

東京都台東区龍宝寺にある初代川柳句碑の前で、周魚、雀郎、迷亭らと（昭和 30 年）。

女優・飯田蝶子とラジオ対談。

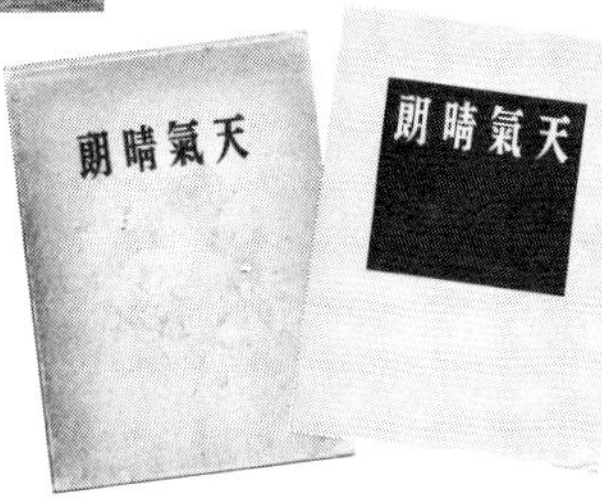

弟子たちの間でバイブル的句集ともなった三太郎の第 1 句集『天気晴朗』。今はほとんどお目にかかれない幻の一品。

書斎・蒼々亭にて。部屋のあちこちには頼まれた色紙や短冊が山と積まれていた。

13年　連作「大地」三十七句発表。一日戦死献金句会を催す。秋田全県川柳大会に出席。

14年　満鉄に招かれ満州に渡る。大連、旅順、奉天、新京等各地を巡り、石原青竜刀ら大陸川柳家と大いに語る。ふあうすと創立十周年記念川柳大会で講演。

15年　処女句集『天気晴朗』を出版。俳句研究に川柳の純詩性について発表。連作「多甚古村」を説き、俳人・一碧楼、詩人・高村光太郎がこれを支持。

16年　日本川柳協会が結成され、常任委員を務める。青森、犬山、神戸、大阪（BF放送）等、東奔西走。

17年　田子の浦において「富士二十五吟」を作句。

18年　『川柳の作句と鑑賞』を講談社より発刊。

19年　9月第一期『川柳研究』印刷所の火災のため、第一六九号を以って休刊。神戸わだちで講演。

20年　岩手日報川柳欄の選者となる。秋田県本荘町中町一新生社内に転居。

21年　疎開先より帰京。12月『川柳研究』復刊。

22年　印刷所が板橋区から港区へと変わる。戯作

わがままでハッタリ屋の三太郎だが、その憎めないチャーミングさ、面倒みの良さに周囲はとりこになった。

昭和33年湯河原への旅。三太郎は弟子たちとよく語り合った。一人一人が「私の三太郎」を持つ。

帳簿スタイルをとった豪華本『孤独地蔵』(昭和38年刊行)と自筆木彫りで手刷りの句集『風』(昭和27年刊行)。表紙をめくると炎のような「風」の文字。

〜昭和

「ルムバ河童」六句発表。

23年 連作「雨ぞ降る」、風刺川柳「やくにん」を発表。

24年 連作「葦折れぬ」風刺吟「せいぢか」発表。

25年 読売新聞時事川柳欄選者になる。椙元紋太還暦ふあうすと二十周年大会に出席。

26年 『川柳入門』出版。連作「孤独地蔵」七句発表。

27年 句集『風』を自筆木彫出版。静岡にて川柳放送、公会堂にて講演。八戸川柳社へ。水府還暦全国大会に出席。神戸で、朝日新聞のインタビューを受ける。娘・雅鼓が結婚。

28年 孫・力也の誕生。連作「音痴子守唄」を発表。7月『国文学解釈と鑑賞』に「古川柳と新川柳について」を執筆。

29年 三十数種の新聞、雑誌の選を担当。

31年 『川柳おんな殿下』を中央文芸社から発刊。新潟十日町ゆき祭に出席。「子供は風の子天の子地の子」の句碑を岡崎佳晶の庭前に建立。秋田県川柳祭に出席。北海道旭川敦賀谷夢楽句碑除幕式に出席。広島川柳三十五周年大会に出席。

本州の袋小路・青森県龍飛岬に立つ句碑「龍飛岬立てば風浪四季を咬む」の前で。刻まれた文字は血のように赤い。

石（句碑）へ入筆。
（昭和 29 年 11 月 3 日）

左は、愛知県岡崎市にある句碑「子供は風の子天の子地の子」。現在は岡崎公園に建つ。上は、新潟県十日町市・智泉寺に建つ句碑「しらゆきがふるふるふるさとのさけぞ」。

32年　北海道タイムズ柳壇選者となる。

33年　柳都十周年全国大会に出席。青森県川柳社十周年大会に出席。

34年　椙元紋太古稀祝賀川柳大会に出席。後藤蝶五郎の追悼川柳大会に出席。青森県・龍飛岬に立つ。秋田県魁新聞社主催県大会で講演。

35年　広島川柳会毎日柳壇百回記念大会に出席。秋田県魁新聞社主催県大会で講演。吉川英治文化勲章受章、三太郎・大野風太郎らＮＨＫ番組「ここに鐘は鳴る」に出演。

36年　6月不朽の名作、連作「一匹狼」十句を発表。

37年　8月30日直腸炎で三カ月入院。渡邊蓮夫、句会場と病院を往復し、入院中の三太郎選を実行。

38年　第三句集『孤独地蔵』刊行。「しらゆきがふるふるふるさとのさけぞ」の句碑を新潟県十日町市水月寺に建立。しかし、雪害を避けるため、智泉寺山門脇（西郷かの女居）に移す。

39年　「十和田せんちめんたる」4句を発表。

40年　福島博覧会協賛川柳作品展示。連作「おそれざんぴんく」八句発表。水府没後、西日本新聞柳壇選者になる。

昭和43年5月に開催された川柳研究社幹事会。三太郎の参加はこれが最後となった。

昭和41年三太郎は紫綬褒章を受章。翌年、東京都・湯島会館で開催された祝賀会の様子。当日の課題は「紫」村田周魚選、「川柳」川上三太郎選。

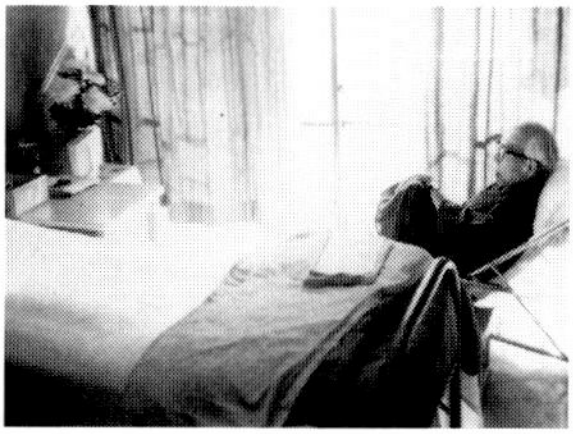

脳溢血で倒れた三太郎は昭和43年10月東京女子医大病院へ入院。11月末に退院し、愛娘雅鼓宅にて療養していたが、12月26日ついに帰らぬ人となった。

～昭和

41年　東奥日報社川柳大会に出席の三太郎は、青森県川柳界に貢献した柳人表彰のため基金を寄付。同じく、青森県の龍飛岬に句碑「龍飛岬立てば風浪四季を咬む」を建立。新潟北夢之助の古稀祝賀県大会に出席。『川柳200年』を読売新聞社より発刊。単語集『この道』（大野風太郎編）を発刊。11月、紫綬褒章受章。陛下から「あなたの川柳を愉しく見ている」とお言葉を賜り、感激。

42年　NHK全国放送で川柳少年・宗盛登志君（久留米市立南小四年生）とテレビ対談。紫綬褒章受章並喜寿祝賀会開催（湯島会館）。5月、剣花坊三十三回忌で剣師を語る。

43年　12月、「鴉」十句を発表。「鴉の子わたしは月の泣き黒子　絶筆」。12月26日、心筋梗塞のため死去（東京都調布市富士見町4-36-1・川上雅鼓宅）。中野区宝仙寺において告別式。法名文徳院徹心三宝居士。富士霊園文学者之碑に代表作『川柳200年』が刻まれている。享年77。

44年　遺作「東京というところ」「川柳・酒・電話」「予想と思惑」発表。

はじめに

川上三太郎先生が亡くなられてから三十五年。直接薫陶を受けた作家も数少なくなりました。川柳人口は大分増えてきましたが、現在は娯楽の多様化もあり、かつてのように少年時代から川柳を始めるという人は少なく、年配になってから始めた作家、先生が亡くなられてから始めた作家が多くなり、川柳大家の一人として川上三太郎の名前は知っているが、作品については、代表的ないくつかを除いてほとんど触れたことのない人が多くなったのが実状だと思います。

川柳研究社は川上三太郎先生が昭和五年に国民川柳会を結成したのがスタートで、その会報の「国民川柳」が昭和九年「川柳研究」と改題され、川柳のあるべき姿、これからの川柳を目指してきました。そして、この精神は現在も受け継がれています。本書にて、三太郎先生の作品を読み直すことはきわめて有意義なことであると思います。また、三太郎先生は毎号の川柳研究誌の第一頁の作品の下に、単語と題して川柳に対する心構えを掲載していました。これも三太郎先生の川柳を理解するよすがになると思います。

三太郎先生は、俳句の革新運動に続いて興った今から百年前の新川柳運動の草創期から川柳に取り組み、明治四十年代にはそれまでの客観句が中心であった川柳に主観句を提唱し、以後、常に川柳界の先頭に立って、詩としての川柳、文芸としての川柳の確立に力を注がれてきました。そして、それとあわせて底辺の拡充にも努められました。そのため、二刀流という批判も受けましたが、その姿勢を貫き通し、作品の基礎は伝統川柳に置きながら、そこに新しいものを加え、また、連作などによって詩性川柳を試作し、詩性川柳作家を育てるように努めたのでした。

「私が死んでも或いは川柳研究社が続くか続かないかは別として、その時には皆さんが一つ一つの蝶になって、或いは一羽一羽の鳥になってここから巣立って大空を飛んであるく、そういう意味でその作品の一つ一つが一つの存在的な価値をもって飛躍していただきたい。これが私の念願であります。」

これは、亡くなられた年の五月の幹事会で三太郎先生が述べられた一節ですが、この先生の想いは今後も川柳研究社で引き継いでいかなければならないと考えます。そして、この三太郎先生の念願や息吹を身近なものにするのは作品であり、単語であると思います。平成元年に川上三太郎年譜を刊行しましたが、限定出版であったため、読まれていない方も多いと思い、今回の刊行となりました。

冒頭の数編の連作で、三太郎先生が目指した詩性川柳の一端に触れ、続く蒼々亭句箋を味読してもらえたらと思います。蒼々亭句箋の作品は伝統的な作品から詩性川柳まで幅広くまとめてあります。そして、そのあとは絶筆となった「鴉」を含む連作の数編でまとめてみました。三太郎先生は常々「前へ」という言葉を愛用されていました。本書が多くの川柳作家の机辺にあって、川柳作品の一歩前進に役立つことを期待してはじめのことばとします。

平成十四年七月

野谷竹路

川上三太郎の川柳と単語抄　目次

はじめに　野谷竹路

孤独地蔵　16
河童満月　17
一匹狼　18
未完成交響楽　20
蒼々亭句箋　22
春　庭　68
緑雨点滴　69
雨ぞ降る　70
落　暉　71
雪の間奏曲　72

冬　酒　74
酒酒酒酒酒　75
すとらいき　76
葦折れぬ　77
せいぢか　78
句の道　80
音痴子守唄　82
ルムバ河童　84
河童豆腐　85
炎天河童　86
おそれざんぴんく　87
鴉（絶筆）　88
あとがき　西來　みわ　91

資料提供：川柳研究社／西來みわ／尾藤三柳／渡邊恵
参考資料：「天気晴朗」／「風」／「孤独地蔵」／川上三太郎年譜（川柳研究社）／川上三太郎単語集「この道」（大野風太郎編・柳都川柳社）／川柳研究／国民川柳／せんば／川柳マガジン（新葉館出版）

川上三太郎の川柳と単語抄

孤独地蔵

孤独地蔵花ちりぬるを手に受けず
孤独地蔵誰がかぶせた子の帽子
孤独地蔵お玉じやくしが梵字書く
孤独地蔵悲劇喜劇に涸れはてし
孤独地蔵うつつに見つむ日ぐれがた
孤独地蔵月したたりてなみだするか
孤独地蔵いよいよひとり歩むべし

自分の句はいつも
自分のものでなければならぬ
然しまたいつも
自分のもののみであっては
ならぬ

（昭和六年七月）

河童満月

新年を蒼蒼として河童ゐる
河童起ちあがると青い雫する
この河童よい河童で肱枕でごろり
河童月へ肢《あし》より長い手で踊り
満月に河童安心して流涕《なみだ》
河童群《ら》月に斉唱だが——だがしづかである
人間に似てくるを哭《な》く老河童

言葉はもつと早くから
芸術であるべきである
（昭和六年十一月）

一匹狼

われは一匹狼なれば痩身なり
一匹狼友はあれども作らざり
風東南西北より一匹狼を刺し
一匹狼風と闘ひ風を生む
ただ水を一匹狼啖ふのみ
一匹狼あたま撫でられたる日なし

他人の句を
読まぬ川柳家は
自分の句も
他人に読まれない
読むべし
読まれるべし

（昭和六年十月）

一匹狼欲情ひたに眼がくぼみ
一匹狼酔へど映らぬ影法師
一匹狼樹枯れ草枯れ水も涸れ
一匹狼天に叫んで酒を恋ふ

技巧とは
飾る事ではない
むしろ飾らぬ事
若しくは飾つては
ならぬ事である

（昭和六年十二月）

未完成交響楽

およそ貧しき教師なれども譜を抱ゆ
わが曲は街の娘の所有《もの》でよし
四月莫迦驕りに尽きし嬌笑《わら》ひ声
矜持とはさへづる中の唖の鳥
家庭音楽教師に春の姉妹
りずむ――それは貴女《あなた》の顫音《こえ》のその通り

川柳の雑誌の帯封を
自分より家族の者が
待ち兼ねて
先へ切る日
その日こそ

（昭和七年三月）

君や得し黎明愛の花ひらく
嫁く女性《ひと》の涙に消えし泣菫譜
わが恋も曲も終らじ人の世の
アヴエマリアわが膝突いて手を突いて

もし川柳から
ユーモアが
解消する事があれば
僕は躊躇なく
川柳を棄てる

（昭和七年四月）

蒼々亭句箋

子供は風の子天の子地の子

友だちのうしろ姿の有難味

しらゆきがふるふるふるさとのさけぞ

龍飛岬たてば風浪四季を咬む

夜が明けて鴉だんだん黝くなり

友よ
僕の手を放すな
僕の手を放すと
君も二分の一
僕も二分の一

（昭和七年十月）

涙一粒一粒に子は強くなり

よく水を飲む子見送り水を飲む

叱られて拾つた犬と元の場所

子の顎がやっと届いた汽車の窓

人一人産む屋根白く暁けかかり

子の両手海のひろさが言ひきれず

風車子の眼のさめぬほどに吹き

川柳は
主義をのみ強調すると
標語になる

（昭和十二年二月）

天麩羅屋クライマックスらしい音
旅の或夜の天井に子を描く
海の幸一つの貝に一つの名
冷やっこ女房へ欠けたまま残り
片ッポの手でたしかめる雨かしら
坂下りる自分の意志と違ふ脚
わが上に屋根のある幸雨の音

めかたのないものは
あしあとものこらぬ
せんりうは
こころのあしあと
こころのめかたを
ふやさう！

（昭和十三年二月）

電気時計愛嬌もなく五分経ち

きりあめにのこらずぬれたうまのかほ

基督のやうな顔して鰻ゐる

らんちうはいまにも笑ひさうに寄り

日本に桜が咲いた地図を見よ

人間も逃げたが蛇も逃げてゆき

売り物を皆閉め出して石屋寝る

わが句はわが子
愛して
誇るな

（せんば）

百姓の顔へ本当の雨が降り
胡麻跳ねて明日の天気を引受ける
十二月某日猫の歩くを見
十二月いえそんな家ありません
さしあげてやると赤ン坊足で蹴り
鯛ちりの骨飛行機が落ちたやう
まづ葱が動き寄せ鍋音をたて

どうしたら
句がうまくなるか？
それが
わかつたら
ぼくは
川柳をやめる

（昭和二十六年五月）

灯がついてから仏壇は奥が見え

消炭は火になつてから気が弱い

古本屋別に一冊読んでゐる

太陽を卵で覗く乾物屋

本当の顔で寝て居る太鼓持

降りだした雨に街の灯地へ流れ

ちと肩がこけて案山子は雨に濡れ

自分の呼吸を
句に移せ——
さうすれば
自分の呼吸は
とまつても
句が永久に
呼吸してくれる

（昭和二十六年四月）

母親が来ても上らぬ奴凧

釘を打つやうに夕立川へ落ち

帯揚がほどけたやうな藤の花

馬顔をそむけて馬とすれちがひ

猫の恋猫も驚くトタン屋根

春の雨やがてしたたる馬となり

馬の面川に映つてやがて飲み

笑はない人間は
をかしい。
即ち
笑はないから
をかしいのである。
川柳また
然り――

（昭和二十六年十一月）

出るとこへ出た級長の好い姿勢
これ程の腹立ちを母丸く寝る
一筋を良人と呼ばれ妻と呼び
煉炭にホツとあかるい冬の壁
子を連れて右手が振れる好い天気
良妻で賢母で女史で家にゐず
貧乏を子もうすうすは知つてゐる

女性の句は、
それが
あなたによつて
書かれたから
存在理由があるので、
あなたが
女性である、と
いふ事とは
別である。

（昭和二十七年六月）

もう母をかばふ子になる交叉点

水うまし動かない雲動く雲

夕立の湯気とも見える屋根の上

独りごとだからはつきり国訛

月光はふるふるふる眠るどぜうたち

北風へ三角になる犬の顔

一年生もう君と呼ぶ友が出来

器用な句は
技が残り
不器用な句は
人が残る

（昭和二十七年七月）

兄弟で犬棄てにゆく日暮れがた
迷ひ子の胸から手紙見つけ出し
風立ちぬ動かぬみどり動く樹樹
陽炎を食つてるやうな牛の顔
男の子口を結んでから強し
交番に番地があつた寺の庭
履歴書を出す横顔にある弱気

川柳はつまらん
こんなものかと
止す人がある。
それは
川柳がつまらん
のではなく
彼の川柳が
つまらん
のである。

（昭和二十七年十一月）

明日から母校となる日暫し佇つ

色鉛筆折れて齲歯《むしば》のやうな穴

桜暮れはじめて棄子だとわかり

改心をするだんだんに下がる首

水を飲む朝の野犬の隙だらけ

腹の立つ胸へ自分の手を重ね

あらかたは社長が笑ふ社長室

句は書く前に
七たび
舌にころがし
書いてから
三たび
読み返すべきである

（昭和二十九年四月）

釣竿の片手煙草を探りあて
冬空をぴりりと裂いて雪になり
特急の風だけ残る通過駅
お隣家の子も娘になつて会釈する
偽刑事だつたで暮れる小料理屋
家中の靴が揃つて今日終る
通訳の手も手伝つて腑に落ちる

句が出来ないのは
句材が
盡きたのではなく
句材を描きだす力が
句材に
負けたからである

（昭和二十九年七月）

反射したとこで見つける冬の塵

団体の酒へ茶碗が行き渡り

どうもヘンだなと落丁見つけられ

野良犬も暫し朝日にめぐまれる

社長室寝てるでもなく眼をつぶり

若草に見る陽の恵み水の愛

北風へ尾をしまひ込む迷い犬

写生から入って
写実に抜けると
そのあとは
川柳とは
生命がけである。

（昭和三十年十一月）

駈出して子があげる爪妻と見る
さぼてんにひとり娘のやうな花
掌へ乗せて真珠は危ながり
謝つている眼のはてにある闘志
あんまりな小言に嫁は水を飲み
次の間へ立つ父親の涙を見
剃刀は取上げてから子を叱り

ただひとすぢに
生きぬくと
人は
孤独になる。
私の場合
川柳
即孤独である。

（昭和三十一年四月）

子沢山一人ぐらゐはでも遣れず
火鉢から余程離れて叱られる
東京へ行く汽車の煙田に残り
午前二時貨車も時間で来ると知り
一年生仮名さへ見ればそれを読み
本当の男の涙眼をそらし
夜汽車もう川一筋へ明けかかり

人間が住んでゐない
家は
箱でしかない。
その人の住んでゐない
句は――？
作家よ
その中に住むべし。

（昭和三十一年七月）

連絡船酌婦のマフラ暫し舞ふ

意見する咳と聴いてる方の咳

も一つの自叙伝闇に指で書く

待つ顔は帰らうとする顔もする

発車ベル子は子同士で惜しみ合ひ

十二月子供は三度腹がへり

ほつとした手紙しづかに帯へ入れ

選とは
合掌すること
この世にあらはれる
事なしに終つた
哀れな
落選句に対して

（昭和三十一年九月）

波みんな色がなくなる北の風

上げ潮の下駄さつき見た下駄の裏

船住居一筋白く米を研ぎ

河豚食つて帰つて妻に黙つてる

一日を時計も十二打ち終り

花がこぼれる両手で受けるありがたし

家中がみな落着かぬ探し物

なぜ
句は十七音
なのであらうか
われわれの
闘ひは
ここから
はじまる

（昭和三十二年十月）

哭く事のあまりに多く壁を打ち

仲人にユーモアがある披露宴

蒼空の広さを示す雲高し

夕立に川にも音のあるを聴き

迷い犬市場でひどい水を浴び

北風に手足を失くし顔失くし

秋の蝿眼の上げ下げの中にゐる

一人旅ほど
早い旅はないが
また
遠い旅もない
句を
書くさだめは
この
一人旅である

（昭和三十二年十一月）

お辞儀して返してもらふ貸した金

友だちの方も待つてた日暮れがた

はつゆきはちらちらよわくすきとほり

白魚の歯闘志は水を噛むに尽き

待つてゐて正確すぎる腕時計

炎天に石より乾く鰐二匹

はらはらとさせる祝辞の国訛

川柳を
つくる
のはやさしい
が
語る
のはむづかしい

（昭和三十二年九月）

青すだれ風も染つて青く抜け

雷に柳一本だけの河岸

病人を少し叱つて窓をあけ

子が病んでわがあたま打ち胸を打ち

日曜の良人少うし邪魔になり

下町の神木刺さる冬の空

子の病気玉より石になつてくれ

句とは
十七字に
ちゞめる事
ではなく
十七字に
ふくらむ事
である

（昭和三十三年五月）

病人の顔を金魚の方も倦き

ハイヒールここも何とかいふ銀座

ラヂオ体操船の父子で靄に立ち

隅田川はさんで残る町言葉

人だかり解らぬままに暫し立ち

だんだんと滝だとわかる霧の音

孝行は真似でもやはり金が要り

句が
われわれに
教えてくれる事は
言葉を
書く事ではない
言葉を
考える事である

（昭和三十三年六月）

出迎へた子の上を越す酒の呼吸

雑草じやなかつた花になつて知れ

はかなさを昼の花火のはてに見る

資本家の方も社説はたしなめる

種馬へみんな並んで腕を組み

展望車もう菜の花に少し倦き

改札のひとところたまる靴の先

川柳を
否定する詩人が
川柳界に
いるとしたら
それは
動物のきらいの人が
動物園にいる
ようなもので
どつちも
不幸だ

（昭和三十三年十二月）

これでこの友を失ふ金を貸し
頑なをからたちに見る寺の塀
野良猫に官幣大社しんしんと
病人の涙だんだん耳へ這ひ
だしぬけに女中の夢は起き上り
赤飯を四角にあける台所
天皇は猫背に在す雨の中

人は
日記にすら
本当の事は
書けない。
本当の句の
むづかしい
所以である。

（昭和三十四年一月）

アパートのあさましきまで蒲団干す
船住居下駄もやつぱりはくと見え
子の気魄転んでからの顔に見る
日本晴鷹の子の顔もう猛し
廻り道すぐそこにある寺の屋根
言ひ切つたその顔を師に微笑まれ
逃げて行く家鴨のお尻嬉しさう

宿酔でなくとも
もう一つ
あたまがほしい
赤ン坊のような
あたまが――

（昭和三十四年二月）

枯れたかと思ふ柳の冬の色
母親へ理屈で勝つて涙が出
冬の風縁日一つ吹き残し
慰める言葉のはての仏さま
長生きも哀れ陽を負ふ日日に尽き
ゆで卵わが子のやうにむけて行き
あの蝿は何処へ止まるか応接間

句は
すべからく
きりゝ
しやん
とすべし

（昭和三十四年三月）

総代の子の眼つぶらに読み終り
みなほどけさうに鮟鱇つるさがり
姉妹で気性が違ふ靴と下駄
高い高いそら母さんが呼んでるよ
社長なんか怖くはないがいないない午後
北風に子は駈け出したとこで待ち
酒断つてひんやりと着る五ツ紋

あらかたの
句会は
始まる前に
終つてゐる――

（昭和三十五年十月）

売りに出て間取りがわかる石の門

床柱役人の背も狎れてくる

畳屋の針はやつぱりあすこへ出

生ビール間もなく動く咽喉仏

迷ひ犬夢かと思ふ知つた人

飯一粒一粒雀お辞儀して

カナリヤを逃して知つた天高し

川柳家よ
新米記者のように
すぐ手帳を
出すな

（昭和三十五年九月）

寝そびれて一夜の旅の水を飲む

母の眼に手術は光る物ばかり

冬の柘榴枝がマミムメモと残り

そもや吾子の見つむるところ塵もなし

百二歳めでたがられてひとりぼち

叮嚀なお辞儀へ迷子渡される

迷ひ犬今度は靴のあとへ従き

川柳は
あらわす芸
であると共に
かくす芸
でもある

（昭和三十五年十二月）

出来心嗚咽となつてから崩れ
ひとしきり咳のみ続く善後策
旅に出てアンパンといふものを食ふ
卒業式終り教員室うつろ
病人に見せる氷柱に陽があたり
炎天に白鷺汗もかかず佇つ
真夜中の水道チヤンと出てくれる

マラソンの
一番ビリの
たのしさ——
スランプの時
いつでも私は
それをおもふ

（昭和二十九年五月）

冬の酒三角の胃にまづ届き
狂犬のあとを従いてく蝿五匹
初陽きりきりはつきり雲と海にする
日曜の妻に少うし使はれる
大銀杏ここに久しい老易者
やめたかと見ればボウフラまた踊り
縁日の夜空がまるい靄の中

初心
忘るべからず
であるが
また
初心
脱すべし
でもある

（昭和三十六年九月）

石ぢつとしてゐるだけでそれが役
女の子タオルを絞るやうに拗ね
居候君は昨日の雀だな
刈り終えて案山子も家族土間に寝る
迷ひ犬残念ながら猫に負け
分譲地そのまま風の秋になり
酒とろりおもむろに世ははなれゆく

〝末摘花〟に
歯ぎしりをする
時間があるなら
むしろ
正しき理解と
冷厳なる態度の下に
新しきそれを
書くべきである

（昭和三十六年八月）

二日酔鎌首というものをあげ

冷然と秀才の道ただ一つ

のんでからもう一度読む風邪薬

三度目のお預け犬は帰りかけ

万歳を片手で済ます紙テープ

それぞれにたたみいわしは貌をもち

名人は口もきかずに湯へ出かけ

あらかたの句は
あだ花である――
一粒の麦だ
なんて
うぬ惚れては
いけない――

（昭和三十六年十二月）

天守閣農工商へ驟雨する

蝶々のはるばる来たか憩ふ呼吸

仲見世の雨はそのまま灯に染り

東京にこんな夜もある星一つ

叮嚀にお辞儀をされて妻に訊き

病む姉の方から話す神のこと

子らやがて身じろぎはじむ夜あけがた

句会の鬼
必ずしも
句の鬼ではない
前者は
時々休むが
後者には
休みがない

（昭和三十七年五月）

花嫁に仕立てて母娘《おやこ》眼が出会ひ
晩酌にしみじみと見る子の育ち
夕立に牛もいそいでゐるけれど
おばあさんに所詮かなはぬおぢいさん
ゴルフ場やがて三人五人の陽
泣きやんでシヤツクリだけの子のしじま
病む心臓うかがひながら寝返りぬ

一日
一句
一心の事

（昭和三十七年九月）

花活ける娘ノコギリひきはじめ
動力に家中動く町工場
眼の玉が片方すわる針の穴
鬼は外居職の父にこんな声
足音をさせぬホテルの支配人
図書館で世帯張つてる調べ物
独り酌読む眼やすめて一人つぐ

句とは
所詮
あげくの
はての
ものである

（せんば）

落し物やがて正直物の顔

一月の風と闘ふうす光

九回裏別に奇蹟もなく負ける

孔雀の尾鶴は隣で倦きてゐる

冬の蝿そのまま春の蝿となり

鮎二尾曽我兄弟のやうに焼け

羽子の音わが子は家のまはりだけ

作者は
一分で出来た句だが
実は知らぬ間に
十年もかゝってゐた
といふ事もある

（せんば）

身ぶるひをさせて冷酒の行くところ

子ら去つて草は静かに露を待つ

蝿叩き病人の手の伸びるとこ

もろもろの音の最後に除夜の鐘

泥鰌逃げのびて途方にくれてゐる

一本の箸へ里芋煮えてくる

酌もせずさせず久しい酒の店

女性の句は
その作者が
女性である以上に
〝をんな〟で
なければ
ならぬ

（せんば）

三の糸声すれすれにある生命
ハンカチをつないだやうな娘の水着
請求書万年筆も使ひ頃
桜だけふくらみ残り日が暮れる
雨蛙青い中から青く飛び
神木へ月光そそぐ滝のごと
拳骨も小さくなつた日本人

あらかたの
俳句歳時記は
俳句作者より
むしろ
川柳作者に
有利であり
必見である

（昭和四十年九月）

ものを書く机二尺の愉しさよ

横浜の霧にいさうなジャンギヤバン

石庭に雪ふりつもる音を聴く

新聞社こんなしづかな室もあり

収賄に献金とルビふり無罪

気の長い話してゐる鶴と亀

炎天を翳もはらまぬ耕運機

句を書くことは
わが生涯に於ける
ただ一つの
美談である

（昭和二十七年九月）

歯医者まだ突つつき足らずまた覗き

雑草は陽にも人にも楯をつき

英和辞書学生の頃引いた線

冬の客しばらくは表情の硬き

迷い子へ子を持つてゐて立ち止り

しもたやはそのまま暮れて戸が閉り

北風の極まる物置のうしろ

この道は
永久に
七転のみにて
八起なし
這ふ
這ふ
ただ
這ふのみ

（昭和三十六年七月）

甘い物如きに必死あみだくじ
近づけば働いてゐる水車
行商の財布小さくしかとあり
途中から変つた旅の面白さ
火から火を引きずり出して鍛冶屋打つ
冬の犬すべてに飢ゑて風を咬む
一月の米はあらかた飲むべかり

句は
触発ではあるが
即製では
ない――

（昭和四十年十月）

貧乏に負けぬ子の眼の人を射る
近道をして公園も役に立ち
春風に真綿のやうなうさぎの子
探し物だんだん腹が立ってくる
青春《はる》烈し瞳から唇《くち》から言葉から
あかつきに富士恍とありすでにあり
稲妻に蒼き音あり雲を截る

純粋にして本当の
詩人にのみ
川柳は
詩である――

（昭和四十年十一月）

稲光白昼《ひる》かとおもふ竹の数

灯やうすき胡瓜の馬や茄子の馬

秋風の中をつらぬく陽の行方

東京の雪二時間で元の屋根

ルームクーラー貧乏性でくしやみする

につこりと歯の広告に使はれる

大ジヨツキ二度息ついて暫しゐる

たいていの
句は
活字に
刺殺
されている

（昭和四十一年二月）

狸の子赤城颪に毬となる

酒とろり友も〝らりるれろ〟と痴れる

フォークだとライス箸だと飯になり

春寒に心臓だまし〳〵酔ふ

酔ひ痴れてしみじみ齢を口惜しがり

交番も困る迷ひ子の国訛

むかしむかし鳶は黄金で放し飼ひ

孤独とは
ひとりで
ゐる事
ではない
ひとりで
ある事
――だ

（昭和四十年十二月）

もう一つあたまがほしい二日酔
回覧板ちよつと秋刀魚の煙に咽せ
風船屋そのまま天へ昇りさう
8と6と3がよぢれて蟻うごき
ややしばしとんぼと指の距離しづか
猿の檻猿も友だち選ぶらし
人間が創まるその日リンゴ食ふ

寝言が
そのまゝ
遺言になる
事がある。
そのまゝ
句になる
ように――

（昭和四十一年三月）

川柳のその果てにあるものを逐ふ
月光にわが影法師鴉めく
老残のなほ病む余地のある哀れ
迷ひ犬どの名呼んでもふりかへり
ひよこ二羽心ぼそくもたより合ひ

いくら
二本あっても
左足ばかりでは
踊れない
そんな句に
しば〳〵お目に
かかるのだが——

（昭和四十一年四月）

春庭

柘榴の芽春へぱちぱち火華する
櫻草つかめばつかめさうな風
春の空花粉しきりに花を發つ
椎の昼春の汽笛の掠め去る
春の郵便櫻一本雪のやう

しゃべるより
聴く方がとても
骨が折れる
だから
口が一つなのに
耳は二つある

（昭和四十一年五月）

緑雨点滴

点滴の一二寸地をみどりにす
雨みどり音なくみどり樹もみどり
雨みどり仰げば陽ありくるりくるり
雨みどりてんてんてんと昏れはじむ

透き通る
句がある
いたましい
不逞な
句がある
いやらしい
然しどっちも
あたしの句でありたい

（昭和四十一年六月）

雨ぞ降る

雨ぞ降る音なし香なし海五月
雨ぞ降る地を噴きいでて桃咲ける
雨ぞ降るわが子の宿痾言ふなかれ
雨ぞ降る渋谷新宿孤独あり
雨ぞ降るリユツクの米をこぼし行く
雨ぞ降る地を傷つけて電車混む
雨ぞ降るけものの如きすとらいき

いはゆる
詩性川柳といひ
時事川柳といふ
これ共に
川柳の枝の
一本づつに
過ぎぬ——

（昭和四十一年七月）

落　暉

赤とんぼ陽へキキキキと身をはなつ
庭の隅萩ほろほろと位置まもる
秋風の中をつらぬく陽の行方
湖面銀箔真昼を光る腕時計

嫌われるのも
また魅力の
一つである
たとえば
写楽の
ように——

（昭和四十一年八月）

雪の間奏曲

ふりふれる雪蒼白につもりゆく
でんきブラン老醜の名をすてるべし
でんきブラン低俗な香が浅草だ
でんきブランわれが詭弁にわれが酔ふ
でんきブラン友だちの首二つ抱き
でんきブランがくりがくりと世が離れ

無口とは
言わない事か
言えない事か
言う事が
ない事か——
寡作の友よ

（昭和四十一年九月）

でんきブランこのまま死ぬも石だたみ
ふりふれる雪蒼白につもりゆく

実用語は
必要であるが
実用語でない
必要語も
ある——

（昭和四十一年十月）

冬酒

冬の酒歯を鳴らす事あまたたび
冬の酒友白鷺の如くあらむ
身の底の底に灯がつく冬の酒

一人で
バトンを持って
駈けだしても
リレー競技
にはならぬ

（昭和四十一年十一月）

酒酒酒酒酒酒

酒よろし酒にきはまる日くれがた
酒あまし舌より真珠まろび入る
酒とろり身も気もとろり骨もまた
酒をかしフォークで豆腐くらふ宵
酒うまし父にはあらず酔詩人
酒きびし深夜孤を孤に徹しきる

あたらなくなってから
河豚は
並通の魚に堕ちた
川柳も
これにあたれば死ぬ
ほどでありたい

（昭和四十一年十二月）

すとらいき

すとらいきなんじしんみんあるくべし
すとらいききつぷはうらずパフたたく
すとらいきべんたうばこはしろいめし
すとらいきかすとりをのむさつをもち
すとらいきことばきたなきぷらかあど
すとらいきただしくもとめうつむかず
すとらいきこのこもやがてらうどうしや

君の敵は
君の句だ
自惚れていると
たちまち君から
はなれてゆく――

（昭和四十二年二月）

葦折れぬ

葦折れぬ豊葦原と誰が言ひし
葦折れぬただそれだけの風の中
葦折れぬ一本折れぬなみだする
葦折れぬやがて来るべきひとたりし
葦折れぬそれをいたはる風の愛
葦折れぬなほ水にあり昏れはじむ

自分の句に
他人の心を
住まはせる
ようになれば
まず〳〵
一人前
である――

（昭和四十二年三月）

せいぢか

せいぢかのよむよりできぬかくせいき
せいぢかのおのれにゆるくたにきびし
せいぢかのなまりいやしくはかまはく
せいぢにせいぢかがきてみみこすり
せいぢかのすうじにうときたぬきがほ
せいぢかのけふもこつぷとちよくをもつ

君に
川柳が必要で
ある如く
川柳も亦
君を
必要とする
そういう
君で
あらねばならぬ

（昭和四十二年四月）

せいぢかはくにやぶれても2がうてい
せいぢかのしきよくつよきはなのあな

われながら
好い句だと
思ふと必ず
誰かが
やってゐる
句とは常に
さういふ
ものである

（昭和四十二年七月）

句の道

句の道は苦でまた愉し愛愛愛
句の道はみづからを刺しきざむのみ
句の道にことばうまれてなみだする
句の道を歩むしあはせ不しあはせ
句の道のはてのはてなる愛愛愛
句の道ははるかきびしく灯りおり

川柳は
現代とどこかで
断絶し
どこかで繋がって
いるようである

（昭和四十二年八月）

句の道で頒ける小さくて大き花

句の道を行くともなしに五十年

句の道は実《げ》にしづかなり愛愛愛

時に
川柳は
冒瀆
無残な
文学でも
ある——

（昭和四十二年十月）

音痴子守唄

しののめにはじまる音痴子守唄
孫とばばつながる音痴子守唄
幾たびか抱いては音痴子守唄
子らの子は眠るよ音痴子守唄
音痴子守唄ばばなみだぢぢなみだ
天地《あめつち》のもの子らの子に見えはじむ

一生
句と暮らす事は
できるが
句と生きる事は
実に
むずかしい

（昭和四十二年十一月）

あくびしやつくりぶうぶで子らの子は育つ
子らの子の便のたしかさ朝ほがら
子らの子のあたま揺れゆく乳母車
子らの子に小判のやうな足の裏
親が転勤で子らの子も汽車の窓
発車ベル子らの子もまた手を振られ
子らの子の忘れた玩具手に取れず
子らの子に富山の風よそよと吹け

幾ら
石橋を叩いても
渡らなければ
何にもならぬ
ただ
川柳を語るだけの
人たちよ――

(昭和四十三年二月)

ルムバ河童

河童かなし無口となりぬ嫁くひとに
河童身を責めて孤独を涙する
青春を涙の中に河童得し
月したたりて河童ルムバを聴き濡るる
青春ありしよろこび踊るルムバ河童
君を得て踊るよルムバルムバ河童

川柳は
引き算か
わり算だ
よせ算や
掛け算では
ない――

（昭和四十三年四月）

河童豆腐

欣然と春の河童は豆腐食ふ
豆腐つつく夏の河童に水蒸気
秋の夜を河童と豆腐しづかに居
生豆腐冬の河童のこれに尽き
豆腐あり河童に四季の黒田節
河童昇天皿の豆腐もともどもに

あらかたの
川柳の
句材の
つかみかたは
散文
である

（昭和四十三年五月）

炎天河童

腕角力河童月下に二十匹
月に手を子河童の稚気愛すべし
焼酎で海鼠のやうに河童酔ひ
河童うたつてもそれは聞えぬ人の耳
八月の河童よたよた皿の水
河童病んでいよいよ細い手で嘆き
河童死す月あはれんで白昼の如し

句の選者とは
提出句の
性格と内在力を
最も効果的に
発揮させる
演出家で
なければならぬ

（昭和四十三年六月）

おそれざんぴんく

恐山石積む愛か呪咀の手か
恐山　石石石石　死死死
恐山　イタコつぶやく蟹となる
恐山死と死の間に石を詰め
惻々と恐山死を引き寄せる
恐山ほと走る朱を落暉とす
恐山われが真紅の血は頒けず

選句とは
その中から
彼
または
彼女を
見つける
事でもある

（昭和四十三年九月）

鴉（絶筆）

鴉の子わたしは月の泣き黒子
月光に鴉の顔も五十ほど
津軽半島で鴉一羽吹き飛ばされ
龍飛岬鴉しんしん雪しんしん
下北の鴉十羽で一部落

すがるには
満身の
力が要る
川柳に
すがれ
川柳に
すがられよ

（昭和四十三年十月）

鴉の子権兵衛の踵もてあそび

鴉ひよこりひよつこり寒いなあ日本海

鴉ずんどこ犬を追つかけ鶏に負け

人よ静かに〳〵と鴉闇に消え

勘太勘二勘三で鴉死に絶える

先づ第一頁に
友
と書いた、それから
親
妻
子
とつづけ
最後は、また
友
で終る、わが
生涯の日記は
かくありたい。

（昭和三十七年七月）

あとがき

今、私は中野川添の旧三太郎邸へ歩いて十分のマンションに住んでいます。亡くなられて三十五年。私の小さな部屋の出窓には両親の遺影とともに、晩年の三太郎先生が飾ってあります。

昭和二十八年、病気療養中だった私は、健康雑誌文芸欄の川柳で川上三太郎先生に出会いました。そして師事させていただくために、長野から上京。三十三年一月から川柳研究社幹事になりました。その健康雑誌編集長であったのが夫、西來武治です。築地本願寺で挙げた結婚式には、三太郎先生ご夫妻、現川柳研究社代表・野谷竹路、佐藤正敏氏、渡邉蓮夫氏はじめ多くの川柳家がご出席くださいました。

このたび、はからずも「川上三太郎三十五年忌川柳大会」が築地本願寺で開催されることになりました。当日、ご出席の方々への記念品は三太郎先生の川柳と単語抄以外は考えられませんでした。

早速、三太郎川柳と単語の選出に取り組みました。膨大な三太郎川柳との対峙でした。著書「天気晴朗」「風」「孤独地蔵」「川柳２００年」「川柳入門」や「川柳全集５川上三太郎（渡邉蓮夫編）」「川上三太郎年譜」「この道―川上三太郎単語抄（大野風太郎編）」などを読み返しました。今更ながら師の偉大さに打たれました。川柳六巨頭の一人、川上三太郎の川柳一句一句にまぎれもない川柳作家川上三太郎は生き続けています。

私は四十一年に夫との共著「菩提心（句集母子像）」を出版しました。先生の序文をいただきました。子供の成長記録でもあるこの本も読み返しました。涙、涙です。長女なおみ、次女ともみが生まれた時には出産祝、新年のご挨拶に伺った際にはお年玉を貰いました。今でもそのお年玉袋は大切にとってあります。長女の入学祝にいただいたのは、鉛筆削りと草履袋でした。その鉛筆削りは三太郎先生が亡くなると、それに感応したかのように動かなくなってしまいました。晩年、慈恵医大病院へ入院された先生をお見舞いしたとき、娘は「おじいちゃま」とごく自然に話しかけました。先生は嬉しそうに「ハイヨ」と顔を寄せられました。「外孫のような気がする」とおっしゃられた先生です。娘たちはほんとうのおじいちゃまだと信じていました。今長女は私のマンションの隣に、次女は神田川添いの旧三太郎邸の目の前に住んでいます。川上三太郎の川柳とママの川柳とともに成長した二人の娘たちです。今は孫が四人。「ばあばの川柳」になりました。

三太郎先生とのより深い交流をお持ちの諸先輩方もいらっしゃいますが、今やらなければと今回、編集の任にあたらせていただきました。竹路代表も来宅。新葉館出版の雨宮朋子嬢と三人で編集、校正と句の確認をしました。さらに最終校正には宇都幸子、安藤紀楽も加わりました。

川柳研究社創設者である川上三太郎先生を、あるいは三太郎川柳をご存じない方々もいらっしゃるかと思います。

心を篭めて同書をお届けいたします。

平成十四年七月

西來 みわ

川上三太郎の川柳と単語抄
新葉館ブックス
○
平成14年 7 月21日 初版
平成17年12月 2 日 初版第 3 刷
編　者
川　柳　研　究　社
発行人
松　岡　　恭　子
発行所
新　葉　館　出　版
大阪市東成区玉津1丁目9-16 4F　〒537-0023
TEL06-4259-3777 FAX06-4259-3888
http://shinyokan.ne.jp E-Mail info@shinyokan.ne.jp
印刷所
FREE　PLAN
○
定価はカバーに表示してあります。

ISBN4-86044-169-9